(Poullain de
Saint-Foix)

(Poullain de Saint-Foix)

LES HOMMES,

COMEDIE-BALLET

EN UN ACTE.

par Mr de Saint-Foix

Représentée par les Comédiens François, ordinaires du Roi, le 27 Juin 1753.

Le prix est de 24 sols.

A PARIS,
Chez DUCHESNE, Libraire, rue saint Jacques au-dessous de la Fontaine Saint Benoît, au Temple du Goût.

M. DCC. LIII.

Avec Approbation & Privilege du Roi.

MERCURE.

PROMÉTHÉE.

LA FOLIE.

Acteurs dansans de différens caractères.

La Scene est sur la Terre.

LES HOMMES,

COMEDIE-BALLET.

Le fond du Théâtre représente une Forêt ; on voit plusieurs Statuës au milieu d'un rond d'arbres ; Prométhée descend du Ciel un flambeau à la main, Mercure le suit.

MERCURE.

E t'ai vû dérober le feu du Ciel, & descendre sur la terre ; je t'ai suivi, quel est ton dessein ?

PROMETHE'E.

Tu le sçauras.

MERCURE.

Je veux le sçavoir à l'instant, ou je remonte à l'Olympe pour avertir Jupiter...

PROMETHE'E.

Je t'ai crû de mes amis?

MERCURE.

Si tu m'as crû de tes amis, pourquoi donc ne me pas confier ce que tu veux faire?

PROMETHE'E.

Mercure aime bien les confidences! ..... Allons, il faut ſatisfaire ta curioſité, & te conter mon aventure : je ſuis devenu amoureux de Minerve ; je n'oſois me déclarer ; je m'aviſai hier, ſçachant qu'elle devoit venir ſe promener dans cette Forêt, de prendre de l'argile, d'en détremper & de former un groupe où j'étois repréſenté travaillant à ſa Statuë : de petits Amours m'entouroient ; l'un avec ſon flambeau m'éclairoit ſur mon ouvrage, tandis que les autres me préſentoient les inſtrumens qui m'étoient néceſſaires. Elle arriva comme j'achevois.

MERCURE.

Que dit-elle à la vûe de ce galant Chef-d'œuvre?

PROMETHE'E.

Elle le conſidera avec beaucoup d'attention;

la joye brilloit dans ſes regards ; je me crus au comble de mes vœux ; je me jettai à ſes genoux...

MERCURE.

Eh bien ?

PROMETHE'E.

Eh bien ? Promethée, me dit-elle, je ne dois pas être moins ſurpriſe qu'offenſée de votre audace ; je voudrai bien l'oublier à condition qu'à la place de ces Statues que je vous ordonne de briſer à l'inſtant, vous en ferez d'autres ; vous les animerez du feu du Ciel ; les tems ſont venus où l'homme doit naître.

MERCURE.

Que veux-tu dire l'Homme ?

PROMETHE'E.

Oui l'homme & la femme, c'eſt ainſi qu'elle m'a dit de nommer, lorſque je les aurai animées, ces Statues que tu vois, & que j'ai faites pour lui obéir.

MERCURE.

Mais ſonge donc que ce ſeroit repeupler la terre.

PROMETHE'E.

Eh quel mal y aura-t'il qu'elle ſoit repeuplée?

MERCURE.

Quoi, lorſque Jupiter vient de détruire les Titans?

PROMETHE'E.

Il a détruit les Titans, qui ſe confioient ſur leur force, bravoient les Dieux, & même oſerent leur déclarer la guerre : mais des Etres auſſi foibles que le ſeront ceux-ci....

MERCURE.

On peut être foible & inſolent.

PROMETHE'E.

Oh j'aſſurerois qu'à peine entendront-ils gronder ſon tonnerre que nous les verrons tremblans, ſaiſis d'effroi, nous bâtir des Temples, nous élever des Autels...

MERCURE.

C'eſt-à-dire, qu'ils nous honoreront par crainte;

PROMETHE'E.

Et par amour, ayant la raiſon en partage.

MERCURE.

La raiſon?

PROMETHE'E.

Sans doute.

MERCURE.

Crois-moi, borne-les à l'inſtinct, ils en feront plus raiſonnables.

PROMETHE'E.

Tu plaiſantes, mais ſi je te prouvois que leur exiſtence nous ſera très-utile.

MERCURE.

Eh à quoi?

PROMETHE'E.

Ecoute, ſoit dit entre nous, on s'ennuie ſouvent dans l'Olimpe.

MERCURE.

Oh ſouvent.

PROMETHE'E.

Pourquoi nous ennuions-nous?

MERCURE.

Ma foi je ne sçais, car il me semble qu'étant des Dieux...

PROMETHÉE.

Nous sommes des Dieux, il est vrai ; mais soumis au Destin qui se plaît sans doute à nous faire sentir que nous ne sommes pas faits uniquement pour nous, & que dans le rang suprême on doit s'occuper du plaisir de faire des heureux ; or ces petits Etres qui seront repandus sur la terre, nous en procureront à chaque instant les occasions; l'innocence de leurs mœurs, la candeur de leur caractère, leur vertu, leur bonne foi, leur douceur, & la tendre amitié qu'ils auront les uns pour les autres, les rendront de dignes objets de notre bienveillance.

MERCURE.

J'en doute.

PROMETHÉE.

Pourquoi te prévenir contre eux ?

MERCURE.

Pourquoi t'aveugler en leur faveur ?

PROMETHE'E.

Tu n'en peux pas juger, puiſqu'ils n'exiſtent pas encore.

MERCURE.

Je crains que tu n'en juges trop tard lorſqu'ils exiſteront.

PROMETHE'E, *d'un ton d'impatience en avançant vers une des Statues, & l'animant.*

En tout cas j'aurai obéi à Minerve.

MERCURE.

Et tu te feras attiré la colere de Jupiter.... Qu'eſt-ce que cette harmonie?

PROMETHE'E.

Elle eſt ſans doute occaſionnée par les efforts que fait la flamme celeſte pour pénétrer, s'étendre, & s'inſinuer dans les differentes parties de cette figure... Vois comme elle commence à ſe mouvoir... Elle ouvre les yeux... Le feu divin y brille... Ne juges-tu pas à propos que nous nous rendions inviſibles, & que nous ne paroiſſions qu'après avoir joui de ſa ſurpriſe à la vûe du Ciel, de la Terre, de ces gazons émaillés de fleurs...

MERCURE.

Comme tu voudras.

Tandis que cette premiére Statuë par ses attitudes & ses pas, marque sa surprise & son admiration, Prométhée par ses gestes marque combien il est satisfait de son ouvrage, & tache de faire entrer Mercure dans sa joye. Il anime une seconde Statuë qui est encore celle d'un homme, & qui exprime à la vûe du Ciel & de la Terre les mêmes mouvemens de surprise que la premiére; ensuite ils s'apperçoivent, courent l'un à l'autre, s'embrassent & se donnent tous les témoignages de l'amitié la plus vive.

PROMETHE'E *à Mercure qui regarde froidement.*

Quoi tu parois insensible à ce spectacle, à cette simpathie, à cette tendre amitié qui les a d'abord unis?

Il anime une troisiéme Statuë; c'est celle d'une femme; elle ne considére qu'un moment le Ciel & la verdure; ses regards tombent & s'arrêtent bientôt uniquement sur elle. Elle examine avec une secrette complaisance, ses mains, ses bras.... Elle va se mirer dans un bassin que forme une chûte d'eau au bord de la coulisse; celui des deux hommes qui l'apperçoit le premier, court à elle;

charmée à sa vûe, elle lui fait d'innocentes caresses. L'autre qui est resté au bord du Théâtre, après les avoir regardés pendant quelque temps, s'approche. Elle lui fait les mêmes caresses qu'au premier; la jalousie naît entre eux; la coquetterie de la femme l'augmente; ils deviennent furieux, & se menacent. Tandis que l'un avec une branche d'arbre qu'il a arrachée, poursuit l'autre hors de la vûe du spectateur, la femme continue de se mirer; ils reparoissent avec des Massues; elle tâche de les adoucir. Après différens mouvemens qui peignent également l'amour, la jalousie, la coquetterie, & la fureur, ils sortent tous les trois du Thèâtre.

MERCURE.

Est-ce là leur douceur, & la tendre amitié qu'ils auront les uns pour les autres? Tu ne parois pas content de tes enfans?

PROMETHE'E.

Mes enfans? Ah je les renie.

MERCURE.

Peut-être les autres te donneront-ils plus de satisfaction?

PROMETHE'E.

Les autres? Quoi tu me crois aſſez fou pour animer le reſte de ces Statues?

MERCURE.

Il ne faut pas te rebuter.

PROMETHE'E.

Eh ne plaiſante point, lorſque tu me vois dans l'embarras; je crains que Jupiter juſtement indigné de l'ouvrage, ne veuille m'en punir.

MERCURE.

Je ſuis ton ami, & je vais te le prouver par un bon conſeil. Pour te mettre à l'abri de ſa colere, il faut tacher d'intereſſer les Déeſſes & quelques-uns des Dieux à la ſotiſe que tu viens de faire.

PROMETHE'E.

Eh comment veux-tu que je les y intereſſe?

MERCURE.

Ecoute; avant que Jupiter en lançant ſes foudres, eût détruit tout ce qui reſpiroit ſur la terre, tu ſçais qu'il n'y avoit pas une Déeſſe qui n'eût autour d'elle deux ou trois animaux qu'elle paroiſſoit aimer à la folie, qu'elle careſſoit ſans ceſſe, & qu'elle trouvoit les plus jolis du monde malgré tous leurs défauts. Ces animaux ſi chéris ne ſont plus ; ils ont péri avec les Titans ; il faudra dire à nos Déeſſes que tu as voulu les en dédommager, en leur conſacrant des humains dignes de remplacer les bêtes qu'elles regrettent.

PROMETHE'E.

Ton idée me plaît aſſez, & pourroit, je crois, reuſſir.

MERCURE.

Je te reponds du ſuccès ; je dois connoître la Cour celeſte,& les effets que ne manquent jamais d'y produire, la curioſité, la nouveauté, les gouts de caprice, & les fantaiſies de mode. Fournis-moi ſeulement des humains bien ridicules, & ne tembaraſſe pas, je leur promets des Protecteurs. Voyons, examinons, choiſiſſons parmi ces Statues ; à la phiſionomie je devinerai aiſement & ſans craindre de me tromper, quel ſera le caractére de chacune. Commençons par celle-ci qui eſt la plus proche & dont le corps eſt aſſez noblement mal fait... Que dis-tu de cet air, de ces traits ?

PROMETHE'E.

Ma-foi je t'avoue que je ne ſçais qu'en dire,

tant ils me paroiſſent équivoques, confus, enveloppés ; je n'y vois rien de net ; il me ſemble que j'y démêle tout à la fois de la préſomption & de l'affabilité ; de la baſſeſſe & de la hauteur ; de l'orgueil & de la ſoupleſſe ; un ſourire perfide à travers un accueil careſſant... Faudra-t-il l'animer ?

MERCURE.

Sans doute, & la conſacrer à Janus à deux viſages.

PROMETHE'E.

J'entends, ce ſera un homme de cour.

Il s'aproche d'une autre Statue.

Voilà une aſſez jolie tête ?

MERCURE.

Je t'aſſure que ce n'en ſera pas une bonne. Il faudra préſenter celui-ci comme une bagatelle, un petit rien aſſez genti, qui aura du babil, & qui ſera très-propre à la toilette des femmes, ſoit pour entrer dans toutes les minuties de leurs ajuſtemens, ou pour conter la nouvelle du jour.

PROMETHE'E.

A qui le destines-tu ?

MERCURE.

Sa taille mince & flutée, sa tête qu'il tient si droite, ses longs cheveux, & un certain petit air précieux, semillant & minaudier me décident... à Themis, ce sera un de ses jeunes éleves.

Examinant une troisiéme Statue.

Oh regarde cette figure !

PROMETHE'E.

Elle n'est pas prévenante.

MERCURE.

Vois ce front étroit & ce large visage, ces sourcils épais, cet air brusque & trivial, cette taille courte, ces grosses jambes & ces petits bras... Le beau présent à faire !

PROMETHE'E.

A qui ?

MERCURE.

A Plutus.

PROMETHE'E.

Tu es heureux en dédicaces ; mais je crains que la flamme celeste n'ait de la peine à pénétrer dans cette masse-là.

MERCURE.

Qu'importe : il suffira de quelques étincelles qui lui donneront le mouvement des mains.

Promethée anime ces trois Statues ; l'homme de cour danse d'un air fastueux, & l'éleve de Thémis, en minaudant. Au son de l'or que le favori de Plutus qui s'est animé lentement, remue dans son chapeau, l'un & l'autre viennent le flatter & le caresser avec bassesse ; il se débarasse d'eux d'un air brusque ; ils le suivent, & tous les trois sortent de dessus la Scene.

MERCURE *regardant une quatriéme Statue qui paroît celle d'un petit homme vêtu à la Moresque.*

Dis-moi, je te prie, pourquoi cette Figure au teint le plus rembruni ?

PROMETHE'E.

Ma foi je ne sçais ; je ne me rapelle pas même l'avoir faite ; je travaillois de caprice ; je voulois varier les phisionomies, & sur la fin de l'ouvrage j'avois la tête si fatiguée...

MERCURE.

MERCURE.

Anime-la ; je crois qu'elle nous divertira.

Promethée la touche de ſon flambeau ; c'eſt la Folie qui s'élance auſſi-tôt en danſant avec un tambour de baſque.

MERCURE.

Je n'y connois rien ; rendons-nous viſibles ; la flamme celeſte, & ſurtout communiquée par des Dieux, doit lui donner aſſez d'idées & de connoiſſances pour comprendre aiſément tout ce que nous lui dirons.

LA FOLIE *feignant de la ſurpriſe en les voyant.*

Ah !... dites-moi, je vous prie, qui ſuis-je, qu'étois-je & qu'étes-vous ?

MERCURE.

Tu étois il n'y a qu'un inſtant au nombre de ces Statues ; tu es un homme à préſent ; nous ſommes des Dieux qui t'avons donné la vie.

LA FOLIE.

Je vous ſuis bien obligé ; aparemment que vous allez auſſi la donner à toutes ces autres Figures-là.

MERCURE.

Non. La tienne nous a paru plaiſante ; nous l'avons animée de préférence.

LA FOLIE.

Comment donc je ſerai ſeul ?

MERCURE.

Oui.

LA FOLIE.

Eh que ferai-je ſeul ?

MERCURE.

Tu admireras les merveilles de la nature.

LA FOLIE.

Admirer... toûjours admirer... j'aimerois mieux rire.

PROMETHE'E.

Eh bien tu riras avec nous.

LA FOLIE.

Avec vous ? Il me ſemble que vous êtes trop grands pour n'être pas triſtes... de grace donnez-moi des camarades.

MERCURE.

Tu te repentirois bien-tôt de nous les avoir demandés.

LA FOLIE.

Eh pourquoi ?

MERCURE.

Parce que les animaux de ton eſpece, ont le cœur ſi méchant qu'au lieu de vivre en paix les uns avec les autres, ils ne chercheroient qu'à ſe nuire, à ſe tromper, à s'opprimer, à ſe détruire.

LA FOLIE *refléchiſſant.*

Si je ſuis ſeul, je m'ennuirai... ſi j'ai des camarades, j'aurai beaucoup à ſouffrir... Eh mais, la vie n'eſt pas un ſi beau préſent que je croyois.

MERCURE *s'approchant d'elle.*

Eh bien il n'y a qu'à te l'ôter.

LA FOLIE.

Doucement, doucement ; raiſonnons.

MERCURE.

Raiſonnons ? Tu es bien inſolent !

LA FOLIE.

Je ſuis comme vous m'avez fait.

PROMETHE'E.

Jouis des faveurs des Dieux, & ne raiſonne jamais.

LA FOLIE.

Eh bien, ſans raiſonner, permettez-moi de vous demander ſi vous ne pourriez pas empêcher que le cœur des camarades que vous me donneriez, ne fût auſſi méchant que vous le dites?

MERCURE.

Il faudroit y détruire l'amour propre, l'amour de ſoi-même, & cela n'eſt pas poſſible.

LA FOLIE.

Eh mais, l'amour de ſoi-même doit rendre honnêtes gens?

MERCURE.

Il les rendroit au contraire injuſtes, envieux, médiſans, hautains, orgueilleux...

LA FOLIE.

Orgueilleux! eh de quoi entre animaux de même eſpece?

MERCURE.

Oh de quoi ? ma Statue, diroit l'un, a été animée des premiéres ; la mienne, diroit un autre, est d'une terre rare & choisie...

LA FOLIE.

Parlez-vous sérieusement ?

PROMETHE'E.

Très-sérieusement ; & si nous voulions te détailler toutes les extravagances qui entreroient dans leurs têtes, nous n'aurions jamais fait.

LA FOLIE.

Que toutes ces extravagances de mes chers camarades me feront rire ! Tenez, je ne sçais si c'est une opération de votre divine présence ; mais je sens que tout à coup mes idées se dévelopent au point de me faire imaginer un moyen de me divertir, de bien vivre avec eux, & de m'en faire aimer.

MERCURE.

Eh quel est ce moyen ?

LA FOLIE.

Je les assemblerai de temps en temps dans

quelqu'endroit, & là je copierai, je contreferai leurs airs, leurs façons, leurs défauts, leurs ridicules...

MERCURE.

Tu esperes t'en faire aimer en te mocquant d'eux?

LA FOLIE.

Sans doute; leur malignité sera flattée, amusée de mes portraits; chacun les apliquera à ses voisins, & l'amour propre empêchera qu'aucun ne s'y reconnoisse.

PROMETHE'E.

Mercure, voilà un raisonnneur... Je commence à soupçonner....

Ils l'examinent de plus près; elle ôte son masque, & leur rit au nez.

Ah!... Eh c'est la Folie!

LA FOLIE.

Elle-même.

PROMETHE'E.

Pourquoi ce déguisement?

LA FOLIE.

Eh mais, pour me mocquer de toi & me divertir un moment avant de t'aprendre ce qui vient de se passer dans l'Olimpe.

PROMETHE'E.

Jupiter est-il bien irrité?

LA FOLIE.

Il l'étoit, te menaçoit; j'ai eu la générosité de prendre ton parti : cela a paru d'abord le trait d'une folle, n'étant pas d'usage, comme tu sçais, à la Cour celeste de parler pour quelqu'un qui tombe en disgrace. Promethée, ai-je dit, a-t'il animé ces Statues dans le dessein de nous offenser? Non, il n'a voulu que plaire à Minerve, à la Déesse de la Sagesse qui avoit imaginé ces nouveaux Etres pour avoir le plaisir de les gouverner; si leur existence est un mal c'est donc à elle seule qu'il faut s'en prendre, & pour la mortifier & la punir, il n'y a qu'à ordonner que ce sera moi qui les gouvernerai : voilà mon discours. Jupiter m'a souri, & tout de suite a déclaré qu'il me donnoit dès-à présent & à jamais la direction générale de toutes les têtes de ce monde sublunaire. (*à Mercure.*) Tu me regardes? Serois-tu un Dieu assez bête pour ne pas sentir toute la sagesse de ce décret ? Songe donc que si Minerve avoit gouverné les hommes, elle leur auroit inspiré de la douceur, de la modération, les auroit fait vivre tous dans une égale abondance ; qu'alors n'ayant pas besoin les uns des autres, chacun seroit demeuré enseveli dans un stérile repos, & que par conséquent l'univers ne se seroit pas embelli ; au lieu que guidé, échauffé par mon genie, leur amour propre rendra toutes leurs passions vives & agissantes ; l'ambitieux dépouillera son voisin, & sera dépouillé par un autre ; il faudra des loix, des honneurs, des emplois ; il y aura des riches, des pauvres ; de l'indigence naîtra l'industrie, & l'industrie sera la mere des arts, des sciences, du commerce ; on bâtira des villes ; dans ces villes de superbes palais ; la mer se couvrira de vaisseaux...

MERCURE.

Je crois ma foi, que la folle a raison.

PROMETHE'E.

Je le crois aussi, & je ne serois plus si fâché contre mon ouvrage, si j'étois sûr que Jupiter me pardonnât.

LA FOLIE.

Eh ne crains rien. Tous les Dieux ne sont-ils pas interessés à parler en ta faveur ? Venus, Mars, l'Amour, Apollon, Momus, & notre ami Mercure. L'heureux évenement pour lui ! Parmi les mortelles, il y en aura sans doute de jolies ; il a l'esprit souple, adroit, insinuant ; Jupiter le députera...

MERCURE *d'un ton dédaigneux.*

Je te remercie de l'emploi.

LA FOLIE.

Ah, mon ami, je te vois dans peu plus en credit, plus brillant à la Cour celeste, que ceux même qui se sont le plus signalés dans la guerre des Titans.

MERCURE.

On est dispensé de répondre aux discours de la Folie. *A Promethée.* Allons, donne-lui ce flambeau, & remontons à l'Olimpe.

Ils partent.

LA FOLIE.

Jusqu'au revoir, Mercure. *Seule.* Avant que d'animer ces Statues, refléchissons un peu. Il est de mon honneur & de celui de mon ſexe que les hommes ſoient ſubordonnés aux femmes ; mais comme cela pourroit d'abord exciter de la zizanie, voyons, cherchons quelque moyen.. Je penſe... oui... fort bien... à merveilles, & je m'admire ! Jupiter tient quelquefois conſeil pendant trois heures avec toutes les groſſes têtes de l'Olimpe ſans pouvoir prendre un parti ; moi tout d'un coup, dans la minute, je viens de trouver un arrangement dont les deux ſexes ſeront également ſatisfaits. Hommes, naiſſés & que votre premier hommage à la Folie ſoit de vous regarder comme des êtres merveilleux & bien ſuperieurs aux femmes. Emparez-vous des honneurs, des dignités, des emplois & de toutes les apparences de la puiſſance. Mes cheres compagnes, naiſſez pour paroître ſoumiſes, mais en effet pour commander à ces prétendus chefs de la ſociété. Je vois le guerrier vous conſacrer ſes trophées, le Financier aporter à vos pieds ſes tréſors, & le Magiſtrat y dépoſer ſa gravité, ſa morgue & la balance de Thémis. Comme les Dieux, vous diſpoſerez des cœurs & ſerez avec moi les divinités de la terre.

Elle ſecoue le flambeau, les hommes s'animent, & forment une marche grave & lente.

LA FOLIE.

Voilà donc les hommes ſortant des mains de la nature ! qu'ils ont l'air peſant, & groſſier ! Il faut eſperer que mon ſexe les polira & leur communiquera un peu de ſa vivacité.

Elle anime les Femmes ſur une muſique plus douce & plus legere. Les Hommes dont les ſens ſont auſſitôt frappés à la vûe des femmes, courent à elles avec tout le feu des deſirs. Elles ſe deffendent de leurs careſſes & les repouſſent avec modeſtie & fierté. On voit arriver quatre petits amours qu'on reconnoit à leurs aîles ; le premier a le caſque & la cuiraſſe ; le ſecond la perruque quarrée & la robbe de magiſtrat ; le troiſiéme eſt doré comme Plutus, & le quatriéme n'a qu'une petite perruque ronde avec un petit manteau noir ſur l'habit couleur de chair des amours. Ils s'approchent des femmes & leur préſentent des guirlandes de fleurs d'un air ſoumis & reſpectueux. Ils reprochent enſuite aux hommes, par leurs geſtes & leur danſe pittoreſque, leurs manieres vives & bruſques, & finiſſent par leur enſeigner la façon dont ils doivent s'y prendre pour plaire & ſe faire aimer. Les hommes inſtruits par les amours ſe mettent aux genoux des femmes qui les enchaînent avec les guirlandes.

ARIETTE.

Heureux Mortels, nés pour nous obéir,
L'empire de vos Souveraines
Est fondé sur les Loix que dicte le plaisir :
Venez, empressez-vous de recevoir des chaînes,
Heureux Mortels, nés pour nous obéir.

Air Leger.

Le joug que l'on vous impose
Est si leger & si doux,
Que votre Vainqueur s'expose
A le partager avec vous.

Venez, empressez-vous de recevoir des chaines.
Heureux Mortels, nés pour nous obéir.

ARIETTE *legere.*

Chantons, célébrons la Folie,
La gaieté vole sur ses pas,
La volupté naît dans ses bras,
Et le plaisir lui doit la vie.
Chantons, célébrons la Folie, &c.

Chaque femme danse avec l'homme sur lequel elle a jetté les yeux, avec un air de dignité qui annonce qu'elle voudra bien en faire un mari.

SUivez l'amour & la Fo- li-e, Vous goûte-

rez un ſort char-mant, L'amour eſt - l'a- me

de la vi-e, La Fo- li-e en fait l'agré-

ment. La raiſon ja- louſe en-vain gronde,

Fermez l'oreille à ſes diſ- cours; Sans la Fo-

lie & les a-mours, Que deviendroit le monde ?

A jeune Fillette une mere
Deffend toûjours d'aller au bois :
Mais on se rit de sa colere
Et l'on s'échappe en tapinois.
L'amour fait le guet à la ronde,
Les Sylvains sont vifs & charmans,
Si l'on écoutoit les mamans,
Que deviendroit le monde ?

Mlle. Hus.

A mon âge il est difficile
De satisfaire votre gout :
Mais pour devenir plus habile
J'essaye à faire un peu de tout :
Regardez-moi d'un œil propice
Pour encourager mes talens,
Si vous n'étiez pas indulgens,
Que deviendroit l'Actrice ?

Pauvres maris que l'on offense
Et dont on rit encore après ;
Sur les autres prenez vengeance ;
Mais n'en vivez pas moins en paix ;
Qu'on vous chansonne, qu'on vous fronde,
Ne vous mettez point en courroux ;
Messieurs, si vous vous fachiez tous,
Que deviendroit le monde ?

Content du cœur de ma Bergere,
Le mien ne desire plus rien;
Je l'adore, j'ai sçu lui plaire,
Je jouis du souverain bien.
Notre félicité se fonde
Jusqu'au trépas sur ce beau feu:
Après nous, il importe peu
Ce que devient le monde.

On ne me veut voir occupée
Que de joujous & de pompons;
On me renvoye à ma poupée
Dès que je fais des questions;
Mais c'est à tort que l'on me gronde:
Si certain desir curieux
Aux fillettes n'ouvroit les yeux,
Que deviendroit le monde?

AU PARTERRE.]

Messieurs, quand la Muse comique
A fait pour vous d'heureux efforts,
Votre goût satisfait s'explique
Par le plus charmant des accords.
Vous plaire est notre unique envie,
Vous décidez de nos destins;
Sans ce doux concert de vos mains
Que deviendroit Thalie?

FIN.

APPROBATION.

J'AI lû par Ordre de Monſeigneur le Chancelier, une Comédie qui a pour titre *Les Hommes*, & je crois que l'on peut en permettre l'impreſſion. A Paris, ce 2. Juillet 1753. CREBILLON.

Le Privilége & l'enregiſtrement ſe trouvent à la fin du Recueil des Piéces de Théâtre.

De l'Imprimerie de BALLARD, ſeul Imprimeur du Roi pour la Muſique, & Noteur de la Chapelle de Sa Majeſté, rue S. Jean-de-Beauvais, à Ste Cécile.

www.ingramcontent.com/pod-product-compliance
Ingram Content Group UK Ltd.
Pitfield, Milton Keynes, MK11 3LW, UK
UKHW020437220726
13923UKWH00005B/2194